LA BATAILLE

DE SAINT-QUENTIN

ET LES

PRISONNIERS FRANÇAIS

(1557-1559)

PAR

HENRI STEIN

SAINT-QUENTIN

Imprimerie Ch. POETTE, rue Croix-Belle-Porte, 21

—

1889

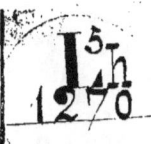

LA BATAILLE

DE SAINT-QUENTIN

ET LES

PRISONNIERS FRANÇAIS

(1557-1559)

PAR

HENRI STEIN

———×———

SAINT-QUENTIN

Imprimerie Ch. POETTE, rue Croix-Belle-Porte, 21

—

1889

IhS
1970

Extrait du tome VIII (4ᵉ série) des Mémoires de la Société Académique de Saint-Quentin.

LA BATAILLE DE SAINT-QUENTIN

ET LES PRISONNIERS FRANÇAIS

(1557-1559)

Par M. Henri STEIN, Membre correspondant.

———

Il n'est plus temps de raconter la tentative faite, le 10 août 1557, par le connétable de Montmorency, pour introduire des troupes dans Saint-Quentin, et la bataille livrée le même jour, sous les murs de cette ville, par Emmanuel-Philibert de Savoie, commandant en chef des troupes hispano-anglaises.

Quelques témoins oculaires ont laissé de cette journée des relations intéressantes. C'est d'abord F. de Rabutin, appartenant à l'armée du connétable, qui retrace (1) en traits saisissants les différentes péripéties de cette lutte ; c'est l'officier espagnol anonyme de l'armée de Philippe II, dont le récit a été retrouvé à la bibliothèque de l'Escurial, et publié par Ch. Gomart (2) ; c'est surtout l'amiral Coligny dans ses *Mémoires* (3) qu'il rédigea en captivité (4), et

(1) Guerres de Belgique, livre IX.

(2) *Bataille de Saint-Quentin en 1557 racontée par un officier espagnol de l'armée de Philippe II* (Saint-Quentin, 1873, in-8°).

(3) *Mémoires de messire Gaspard de Coligny, seigneur de Chastillon, admira de France* (Paris, 1665, in-12), pp. 175-185. Réimprimés entre autres dans la collection Michaud.

(4) Cf. *Gaspard de Coligny*, par le comte Jules Delaborde (Paris, 1879, in-8°), tome I, pp. 316-317.

Jean de Mergey, gentilhomme attaché à la personne du comte de La Rochefoucauld, dans des *Mémoires* publiés beaucoup plus tard (1).

Les correspondances particulières sont autant de documents utiles à consulter pour vérifier les assertions parfois contradictoires des historiens même contemporains. Les *Bulletins de la bataille de Saint-Quentin et des opérations militaires qui l'avaient précédée* (2), imprimés en Belgique (3), ont été sans doute rédigés dans les chancelleries du roi d'Espagne ; il n'y faut donc accorder qu'une confiance relative, et en rapprocher la lettre écrite au roi de France par l'amiral, le 30 août : cette lettre a été plusieurs fois publiée (4). On lira encore avec intérêt la lettre de l'évêque d'Arras, d'Antoine Perrenot, et la lettre du comte de Lalaing, gouverneur général des Pays-Bas (5), qui font part de la grande victoire à leurs administrés (6).

(1) *Mémoires du sieur Jean de Mergey, gentilhomme champenois* (Paris, 1788, in-8°).

(2) Sur ces opérations militaires et les moyens employés pour la défense de la Flandre contre les invasions des Français, on pourra consulter le registre H, f⁰ˢ 1-10, des Archives municipales de Gand. Cf. *Inventaire analytique des chartes et documents des Archives de la ville de Gand*, par P. Van Duyse et E. de Busscher (Gand, 1867, in-4°), p. 405.

(3) *Bulletins de la Commission royale d'Histoire de Belgique*, 3ᵉ série, I, pp. 437-441. Les originaux sont aux Archives générales de Bruxelles.

(4) Dans Hotman, *Vie de Coligny* (trad. de 1665), pp. 262-266; dans le recueil de Launel (Paris, 1623, in-8), et dans l'ouvrage cité de M. Jules Delaborde, I, pp. 305-306.

(5) *Bulletins de la Commission royale d'Histoire de Belgique*, 3ᵉ série, I, pp. 450-55. Cf. les lettres écrites par Philippe II à l'empereur son père, publiées dans les *Analectes historiques* de Gachard, n° cxcviii (*idem*, 2ᵉ série, tome II, pp. 235-237).

(6) On trouve encore aux Archives départementales du Pas-de-Calais (B. 769, f° 27), une lettre du comte de Lalaing, publiée dans la *Revue des Sociétés savantes*, VI (1877), pp. 492-496, informant le Conseil d'Artois des dispositions prises dans le but de donner aide aux troupes du roi d'Espagne qui assiégeaient Saint-Quentin, et ordonnant des processions et des prières pour remercier Dieu de

Il existe deux relations, l'une en français, l'autre en allemand, de la bataille de Saint-Laurent, qui ont été imprimées l'année même du désastre (1). Elles ne rappor-

l'heureuse issue du combat. Ce fut d'ailleurs l'occasion de fêtes et de réjouissances dans toutes les villes qui subissaient alors la domination espagnole. A Besançon, une procession générale d'action de grâce eut lieu (*Archives municipales de Besançon*, BB. 28). — A Douai, il en fut de même, comme il appert de cet extrait de comptes : « A Gilles Sceeqfebvre, conchierge de la halle, pour despence de bouche faicte par Messieurs les eschevins et autres officiers au retour de la procession générale qui se feist le XVIe jour d'aoust en vertu de lettres d'ordonnance du roy nostre sire, affin de faire prières, oraisons et autres œuvres pieuses, en rendant grâces à Dieu nostre Créateur de la victoire que avoit obtenu sadicte Majesté au camp de la bataille qui s'estoit faite auprez de Sainct Quentin allencontre des ennemis franchois, à laquelle bastaille ont été deffaictz et demeuréz plusieurs princes et seigneurs franchois, XIX livres XIX solz VIII deniers. Audict conchierge, pour despence de bouche faicte par Messieurs les eschevins, six hommes, conseiller, procureur, greffiers et autres officiers de ladicte ville, au retour de la procession générale qui se feist le VIIe jour de septembre, par ordonnance du roy nostre sire, affin de rendre grâces à Dieu nostre créateur et faire prières et oraisons pour le bon sucès qu'il avoist pleust à la divine bonté donner à ladicte Majesté royalle, de avoir prins d'assault par sa gendarmerye la ville de Sainct Quentin, à laquelle prinse fut prins prisonnier Monsieur l'Admiral de Franche, pour ce paié XVII livres XVII sols. » (*Archives municipales de Douai*, CC. 275, fo 218). — Voici enfin l'extrait d'une chronique contemporaine (inédite) qui renferme un détail intéressant : « Oudit mois et an, le dimanche quinziesme jour d'aoust, feste de l'Assomption NostreDame, par les gens dudit Empereur fut prinse d'assault ladite ville de Saint-Quentin, en laquelle étoient plusieurs gens d'ordonnances et même la compagnie de Monseigneur le Dauphin de France qui auparavant avoient été et tenu garnison en la ville de Chartres, faisant grand chère par l'espasse de deux ans. Et néanmoins qu'ils fussent réputés bons gens d'armes et qu'ils étoient bonne garnison en ladite ville, ne fisdrent aucun effort de eux deffendre : en raison de quoi plusieurs maulx en advinrent depuis en France, et plus en fust advenu, n'eust été que depuis ladite prinse de Saint-Quentin l'empereur cy dessus nommé le plus fort des humains alla par le vouloir de Dieu de vie à trespas. » *Journal de Jean Bouvart, sergent royal au bailliage de Chartres, ms. communiqué.*

(1) Elles sont indiquées dans Périn, *Recherches bibliographiques sur le département de l'Aisne* (Soissons, 1866, in-8o), tome I, nos 2332 et 2333. La relation française est sortie des presses d'Ypres.

tent d'ailleurs aucun détail que nous ne connaissions par d'autres sources autorisées (1).

Je n'insisterai pas davantage sur la valeur du récit que Don Alonso d'Ercilla a inséré dans son épopée : l'*Araucana*. Il est bien entendu que le poète prime l'historien ; mais il ne faut pas oublier cependant que l'auteur fut page du roi d'Espagne et l'accompagna dans la plupart de ses voyages. Il pouvait donc être bien renseigné.

Si les biographes de Philippe II et de Coligny, Gregorio Leti (2), W. Prescott (3), M. Jules Delaborde (4), si les historiens modernes (5) n'ont pas connu et utilisé tous ces divers documents, il pourra peut-être paraître superflu de venir en publier de nouveaux ; mais ce n'est pas sur les opérations militaires, ni sur les préliminaires (6) ou les suites (7) de la fatale journée de Saint-Laurent que

(1) Cf. Note sur un manuscrit intitulé : *Déroute de Saint-Quentin, le 10 Août 1557, décrite par Guillaume Dinteville* (le P. Lelong, Bibliographie de la France, II, n° 17689).

(2) *Vie de Philippe II* (Amsterdam 1734, in-12), II, pp. 138-144.

(3) *Histoire du règne de Philippe II* (Traduction françoise, Paris, 1860, in-8°); I, pp. 213-228.

(4) *Gaspard de Coligny*, I, pp. 258-311.

(5) Notamment Ch. Gomart : *ÉtudesSaint-Quentinoises* (Saint-Quentin, 1851), in-8°, tome I, pp. 153-236. Cf. *Iconographie des batailles de Saint-Quentin* (1557-1871), par Ed. Fleury et G. Lecocq (St-Quentin, 1876, in-8°, extr. du *Vermandois*).

(6) Un document très précieux sur l'état de l'armée française à cette époque a été intégralement publié dans le *Bulletin de la Société d'Histoire de Normandie* (Rouen, 1884, in-8°), tome III, pp. 229-232.

(7) Sous ce titre : *L'attitude de Henri II au lendemain de la journée de Saint-Quentin*, M. Henri Furgeot a publié (*Revue des Questions historiques*, XXXII, pp. 464-493), une intéressante étude sur les efforts faits par le roi de France pour reconstituer les forces du royaume ; il s'est servi surtout de la correspondance du commissaire général des aides d'Elbène, conservée aux Archives Nationales de Paris. — Une quittance du 1er novembre 1557, publiée par V. de Beauvillé (*Documents inédits sur la Picardie*, IV, p. 294), donne l'état de la dépense faite pour l'artillerie, après le désastre de Saint-Quentin, par le grand-maître de l'ar-

je veux appeler l'attention. J'aime mieux m'intéresser au sort des victimes du hasard des batailles, à ces prisonniers de guerre français qui, par ordre de Philippe II, furent disséminés dans divers châteaux et villes du Brabant, de la Flandre et du Hainaut (1).

tillerie Jean d'Estrées. — Sur l'impression produite par la défaite dans les villes voisines, et sur les frais nécessités par les revers de l'armée française, on trouvera de curieux détails dans la notice de M. le comte de Marsy : *La Ville de Compiègne à l'époque de la bataille de Saint-Quentin*, dans les « Travaux de la Société académique de Saint-Quentin », 3e série, tome XIV (1877), pp. 446-472, d'après les *Archives municipales de Compiègne*, cc. 43. — Sur l'état de la ville de Saint-Quentin elle-même, on consultera l'*Histoire particulière de la ville de Saint-Quentin*, de Q. de la Fons, publiée par Ch. Gomart (Saint-Quentin, 1854, in-8°), tome I, pp. 461-463. — Par ordonnance prise en haut lieu, un gentilhomme de la suite d'Emmanuel-Philibert, nommé François de Herpe, fut envoyé le 10 mai 1559 à Saint-Quentin pour faire cesser les dégâts que commettaient partout et journellement les gens de guerre (*Archives départementales du Nord*, B. 2539, f° 488 v°). — Pendant plusieurs années ce ne fut que ruine et désolation tout à l'entour. Cf. *Archives municipales de Noyon*, JJ. 1, f° 383. Les vainqueurs avaient tout horriblement ravagé. En 1559, on voit Jean-Martin Stella, surintendant des ouvrages et fortifications de Saint-Quentin, occupé à faire labourer et semer les terres dans toute la région voisine de cette place (*Archives départementales du Nord*, B. 2539, f° 551). — On conçoit facilement, par ces brèves indications, la ruine des commerçants de Saint-Quentin et la misère des paysans du Vermandois, et l'on n'est nullement surpris de voir, le 23 juin 1559, le chapitre de la cathédrale de Troyes faire une aumône de vingt sous à Nicolas Juppeau, « marchand destruict par les guerres de Sainct-Quentin » (*Archives départementales de l'Aube*, G. 1884, f° 386), ou encore, l'année suivante, les échevins d'Épinal donner « dix-huit gros pour l'amour de Dieu à un pauvre passant qui se disait gentilhomme destruict par la guerre devant Sainct-Quentin » (*Archives municipales d'Épinal*, cc. 77). — L'inventaire des manuscrits, imprimés, tableaux, sculptures, reliquaires, ivoires, orfèvreries, etc , etc..., qui appartenaient en 1557 à l'église collégiale de Saint-Quentin, et dont la liste fut dressée par un chapelain du roi d'Espagne, Melchior Vosmediano, le 4 décembre de cette même année, a été presque intégralement publié par M. Alex. Pinchart dans ses *Archives des Arts, Sciences et Lettres*, tome II, (Gand, 1863, in-8°), pp. 100-105, d'après l'original existant aux archives générales du royaume de Belgique. Ce document est curieux et donne l'idée de ce que possédait alors cette riche collégiale.

(1) *Archives générales du royaume de Belgique*, Chartes de l'Audience, liasses 8

Voici d'ailleurs la répartition qui fut faite peu de jours
après entre les différentes cités (1) ;

Gand . . .	XL	hommes	Condé. . .	XV	hommes
Bruges. . .	XL	—	Ath. . . .	XX	—
Ypres . . .	XXX	—	Enghien . .	XV	—
Audenarde .	XX	—	Soignies . .	X	—
Courtrai . .	XX	—	Braine-le-Cte.	X	—
Alost . . .	XX	—	Haulx . . .	XV	—
Termonde .	XX	—	Namur. . .	XX	—
Nieuport . .	XX	—	Lille . . .	XXX	—
Louvain . .	XXX	—	Douai . . .	XXX	—
Bruxelles . .	XL	—	Tournai . .	XXX	—
Anvers . .	XL	—	Dordrecht. .	XXX	—
Bois-le-Duc .	XXX	—	Delft . . .	XXX	—
Malines . .	XXX	—	Rotterdam .	XV	—
Tirlemont. .	XV	—	Leyde . . .	XXX	—
Lierre . . .	XX	—	Haarlem . .	XXX	—
Nivelles . .	XV	—	Gouda. . .	XX	—
Vilvorde . .	XX	—	Amsterdam .	XXX	—
Grave . . .	XV	—	Alkmaar . .	XV	—
Leeuwe . .	XV	—	Scoenhoven .	XV	—
Mons . . .	XXX	—	Utrecht. . .	XXX	—
Valenciennes.	XXX	—			

En additionnant, on arrive à un total de 975 prisonniers
français. De toutes les listes qui en ont été publiées, la
plus détaillée (2) ne renferme que 176 noms (de blessés
seulement). Si l'on peut rédiger un nécrologe complet,

et 84. Ces documents ont été utilisés par M. Ch. Rahlenbeck dans le *Messager
des Sciences historiques de Belgique* (Gand, 1880), pp. 78-107. Son travail contient
de très nouveaux et très intéressants détails, auxquels j'ai encore la prétention
d'ajouter de l'inédit, grâce à d'autres sources manuscrites non moins autorisées,
qui n'ont pas été connues de cet auteur.

(1) Ce document important est aux *Archives générales du royaume de Belgique*,
collection des Papiers d'État (Correspond. générale), tome X, f° 71. Il a été déjà
publié dans le *Bulletin de la Commission royale d'Histoire*, I (1860), pp. 449-450.

2) *Bulletin de la Commission royale d'Histoire*, I (1860), pp. 442-448.

on ne saura jamais tous ceux qui ont souffert à l'étranger pour la patrie. J'ai retrouvé deux listes inédites que je demande la permission de publier ici. Elles sont brèves il est vrai, mais il n'est pas sans intérêt de les comparer aux autres, car ce sont des documents quasi-officiels.

L'une est extraite du manuscrit n° 350 de la Bibliothèque publique de Dôle (Jura), et m'a été obligeamment signalée par mon confrère M. U. Robert, inspecteur général des bibliothèques et des archives : elle est perdue au milieu de documents d'une toute autre nature (1).

L'autre est extraite du manuscrit n° 560, fᵒ II, de la Bibliothèque publique de Berne (Suisse), qu'a bien voulu me communiquer M. le professeur H. Hagen.

Elles sont toutes deux d'une écriture du XVIᵉ siècle. Voici la première :

Premièrement de la prinse de Saint-Quentin où fut minée par nos pyonniers si subtillement que en nombre furent occis trois mil François et des principaux capitaines dont les noms s'ensuivent :

Premièrement : Le grand mareschal de Vaulcharmes.
Le conte de Gan.
Le baron de Blan.
Monsieur le grand escuyer de Chamelle (2).
Le duc de Pimelles (3).
Le sire de Fumel, grand gouverneur du Dauphin (4).
Le capitaine Vireleshaulx.

(1) Entre les chroniques Martiniennes et la chronique des rois d'Arménie de Jean Dardel.

(2) Le comte de Chabot-Charny.

(3) Serait-ce Antoine de Luxembourg, duc de Piney ?

(4) François de Fumel, qui n'exerçait plus cette charge depuis 1551 (cf. *Bibliothèque Nationale de Paris*, ms. français, 7854, fᵒ 8). Il fut tué à la bataille de Jarnac.

Le sire de Maisoncelles.

Le capitaine Poy, escuyer du Roy.

Le sire d'Argenten, vy-général de l'infanterie françoise.

Le conte de Bramant.

Le duc de Luzeran.

Le conte de Leschmane.

Le capitaine d'Aidie, porte-enseigne et guidon de monsieur l'Admiral de Chastillon.

Le sire de Vaulx de l'Augue, porte-enseigne et guidon du sire d'Andelot.

Le sire de la Guillemerie.

Le baron de Sucy.

Le baron de Bohart.

Le sire Frety, porte-enseigne et guidon de Monsieur de Voisy (1).

Le comte de Ramerut.

Le sire de Collan, capitaine des pyonniers.

Le sire d'Ampoignepain, coronal des Gascons.

Le capitaine de l'Espine, coronal des Suiches.

C'est le nombre de ceulx que l'on a peu nomer et recognoistre des gens de fait et féaulx sires de France, mors en ladite tour minée.

S'ensuyvent le nombre des capitaines et sires occis et mis à mort en la braiche faicte à la ville de Sainct Quantin, ayant receu cent cinquante-sept coups de canons, ladite braiche faicte de largeur de unze grands toises ; et se sont présentez à icelle braiche les sires qui s'ensuivent :

Monsieur le conte de Sainct Pol, bien blessé et prins à ramson.

Le pourteur d'enseigne dudit seigneur, tué.

Le sire d'Andelot (2), ung bras avallé, trois bolletz aux cuisses et prins à ramson.

(1) Lisez *Vassé* (voir plus loin).

(2) François d'Andelot, frère de Coligny, dont Brantôme fait l'éloge (*Œuvres complètes*, édition Lalanne, IV, p. 355).

Le capitaine (1), mort.

Le sire de Grisement.

Le sire des Haultes Loges, prins prisonnier et bien blessé.

Le sire d'Anvy, tué et mis à mort.

Le capitaine Landré, prins à ramson et blessé.

Le sire de Fortey, capitaine de cent hommes d'armes, prisonnier et bien navré.

Le sire de Sey, mort.

Le sire de Lassault, renomé grand secrétaire de Monsieur le Cardinal de Bourbon, accompagné de Monsieur Laude, parisien, tué.

Le grand escuyer Monsieur d'Ardenne, prins à ramson.

Après laquelle défaicte sont entrez nos gens, ont saccagez et pillez ladicte ville puis l'ont mis à feu et à sang. Le tout fait le 14ᵉ d'aoust 1557.

Voici maintenant la seconde :

Mémoire du nombre des mortz et prisonniers en (rav) ytaillant Saint Quentin en Picardye le jour Saint Laurenz (l'année de Jesus) Crist mil cinq centz cinquante sept :

Mortz :

Monsieur d'Enguyen (2).

Monsieur de Vassé (3).

Monsieur de Lorge le Jeune (4).

Monsieur de Sansac (5).

Monsieur de Fumel.

Monsieur d'Aubigny (6).

---

(1) Le nom manque.

(2) Jean de Bourbon-Vendôme, comte d'Enghien et comte de Saint-Pol (il est cité sous ce nom dans la première liste). Cf. *Histoire des princes de Condé*, par le duc d'Aumale, chap. I.

(3) Antoine Grognet, seigneurde la Roche-Mobile et de Vassé. Cf. Brantôme, *idem*, IV, pp. 94-97.

(4) Jacques de Montgomery, seigneur de Lorges.

(5) Louis Prévost de Sansac, colonel de la cavalerie légère.|

(6) Jean Stuart, seigneur d'Aubigny, neveu du maréchal.

Monsieur de la Roche et un aîné filz (1).

Monsieur du Boys-Daulphin (2).

Monsieur Fusel.

L'enseigne de Monsieur de Loraine.

Monsieur de Quecquile, jeune guydon.

De Bourdillon (3), et son enseigne.

Prisonnyers :

Monsieur le Conestable.

Le sieur de Saint-André.

Monsieur de Montpensier (4).

Monsieur de Longueville.

Le prince de Manteue.

La Rochefoucquault (5).

Le compte Ringrave (6).

Le vicompte de Thouraine (7).

La Roche du Maine, père.

Monsieur de Motin.

Monsieur de Rochefort (8) paye mil escus.

Montberon, filz de Conestable (9).

Le sieur d'Estrée le Jeune (10) paye IIIIᶜ escus.

(1) Jacques Tiercelin, seigneur de La-Roche-du-Mayne. Cf. Brantôme, *idem*, III, p 408.

(2) Imbert de la Plâtière.seigneur de Bourdillon, maréchal de camp, depuis 1552.

(3) De la branche cadette des Montmorency-Laval.

(4) Louis de Bourbon, duc de Montpensier, tué en 1582.

(5) Jean-Philippe de Salm, comte palatin du Rhin. Cf. l'intéressante notice de Louis Benoît sur les Rhingraves et les Reitres et leur rôle pendant les gue rres de religion du XVIᵉ siècle, dans le *Journal de la Société d'archéologie lorraine* (Nancy, 1860, in-8°), pp. 227-236.

(6) François III, comte de la Rochefoucault, qui fut massacré à la Saint-Barthé-lemy.

(7) François de la Tour, vicomte de Turenne, capitaine de cent gentilshommes de la maison du Roi, gendre du connétable, et père du fameux Henri de la Tour, duc de Bouillon.

(8) Le baron de Thouarcé, de la maison du Bellay.

(9) Gabriel de Montmorency, baron de Montberon, fils du Connétable. Il fut tué à la bataille de Dreux.

(10) Antoine d'Estrées, tout jeune homme, était fils du grand-maître de l'Artillerie.

Monsieur de Baillet.

Monsieur de Maubac.

Le sieur de Remboullet (1), re[ceu] à la condition [de payer rançon].

L'enseigne de Monsieur de Nevers.

Monsieur de Saint-Orain (2), enseigne de Monsieur le Conestable.

La Chappelle Biron (3).

Carnalle, espaignol.

Le dimanche XXIXe jour d'aoust, Saint-Quentin fut pris des ennemyes, et le lundi trentiesme le Roy fit faire prosession généralle.

Comme on le voit, ces deux listes (4) émanent des vainqueurs. Faut-il attribuer à cette main étrangère la

(1) Jacques d'Angennes, seigneur de Rambouillet, capitaine des gardes.

(2) Lisez *Saint-Orens.*

(3) Charles de Carbonnières, seigneur de La Chapelle-Biron. Cf. Brantôme, *idem*, VII, p. 355.

(4) On ne peut considérer ces listes, non plus que les autres du même genre, comme tout-à-fait exemptes d'inexactitudes. Ainsi l'on n'y voit point figurer au nombre des disparus Louis Allegrin, qui cependant trouva la mort dans le combat (*Histoire des chanceliers de France*, p. 1222). Par contre, l'on s'étonne de voir, parmi les noms des prisonniers, celui de M. de Bourdillon, puisque ce capitaine fut chargé, dès la prise de Saint-Quentin, d'aller occuper la place de La Fère par ordre du duc de Nevers (Cf. *Les ducs de Guise*, par de Bouillé, I, p. 401). Il y a de nombreux exemples de même nature. Lorsque Barthélemy Le Vasseur, receveur général des aides d'Artois, annonça au président de la Chambre des comptes la victoire remportée le jour de Saint-Laurent, il signala la mort du rhingrave, comte de Salm (*Archives départementales du Nord*, B. 2531) : or, le rhingrave était du nombre des prisonniers. — Mon ami Léon Marlet, qui connait à fond le XVIe siècle et aux lumières duquel j'ai eu souvent recours pour rendre moins imparfaite cette petite étude, me signale une étrange confusion qui se produisit au lendemain de la bataille de Jarnac (13 mars 1569) et qui n'est pas sans analogie avec celles que je viens de rapporter ici. Il y a plusieurs listes des tués et blessés pour la journée. Dans l'une (*Bibliothèque Nationale de Paris*, ms. français 3239, f° 48), Montgomery est signalé à côté du prince de Condé parmi les morts ; la nouvelle se répand, le duc d'Anjou l'apprend aussitôt à la Reine sa mère (*Correspondance diplomatique de la Mothe-Fénelon*, VII, p. 10), et l'ambas-

bizarrerie de la plupart de ces noms, généralement mal orthographiés et parfois absolument méconnaissables ?

Je laisse de côté les noms des morts : il en est quelques-uns que je n'ai pas retrouvés ailleurs. Parmi les prisonniers, il y avait des hommes considérables, dont les noms se rencontrent à peu près dans toutes les listes que j'ai eues sous les yeux. C'est d'abord le connétable Anne de Montmorency, le maréchal Jacques de Saint-André, et à côté d'eux le prince de Mantoue, Louis de Gonzague, dont la rançon fut payée 6000 livres (1).

Du reste, Brantôme (2) raconte les circonstances qui permirent au duc de Savoie de faire payer cher la liberté aux prisonniers d'un rang élevé qui étaient tombés entre ses mains, et l'historien Guichenon (3) assure qu'Emmanuel-Philibert ne reçut pas moins de 500.000 écus de tous les prisonniers français.

Tous n'eurent pas, en effet, comme d'Andelot, l'audace et la bonne fortune de se sauver des mains de ses ennemis, pendant la première nuit de la captivité ; tous n'eurent pas la faveur de devenir, comme Montpensier, l'hôte d'une de ses cousines à Louvain. Coligny fut dirigé sur l'Ecluse,

sadeur de Philippe II l'annonce sans plus tarder à son maitre (*Archives Nationales*, K, 1512, n° 10). Mais une autre liste (*Bibliothèque Nationale*, ms. français 3213, f° 19) donne une autre version qui est la bonne : « Le cheval de Montgommery recongneu mort. » Les vainqueurs avaient pris un désir pour une réalité, ou avaient pensé que le cheval mort supposait aussi le cavalier mort. Ainsi s'était très rapidement propagée la fausse nouvelle.

(1) Dans un document autographe du 26 Octobre 1563, Louis de Gonzague reconnait avoir reçu de Jean de Baillon, trésorier de l'épargne, 6000 livres sur les recettes du taillon de Normandie pour semblable somme qu'il avait été contraint de payer, du consentement du roi de France, au roi d'Espagne pour sa rançon, « aïans esté prins prisonnier de guerre à la journée Sainct Laurens » (*Revue des Autographes*, octobre 1886, n° 165).

(2) *Œuvres complètes* (édition Lalanne), II, p. 145.

(3) *Histoire de Savoie*, in-folio, II, p. 245.

d'Avantigny sur Lille, le Rhingrave sur Bréda (1), et l'on prit grand soin d'éloigner les uns des autres les personnages les plus influents (2). On les traita la plupart du temps avec dureté (3), voire même avec insolence, et l'on fut sans pitié pour les hôteliers flamands qui avaient le malheur d'être trop familiers avec leurs prisonniers. Une tentative d'évasion manquée eût été certes punie avec une extrême sévérité. Dès le mois de novembre, sept captifs réussirent à se sauver ensemble de Tirlemont, et peu de temps après, seize prisonniers détenus à Enghien prirent la fuite avec la femme de leur geôlier. Ailleurs, le gardien ayant été reconnu comme complice de ceux dont il avait la garde, fut mis en prison et rendu responsable des sommes perdues ainsi par sa faute, puisque les rançons ne furent pas payées. A Douai, un négociant nommé Jean de Léchelle, se vit condamner à deux ans de cachot pour avoir facilité l'évasion de deux soldats français à raison de six écus chacun (4).

On a vu plus haut que Malines reçut pour sa part trente Français. J'ai retrouvé dans les archives de cette ville une série de documents fort intéressants, qui nous font connaître le sort de nos malheureux compatriotes : nous possédons désormais sur eux les plus grands détails, nous

---

(1) Un lieutenant particulier du prince d'Orange, Godefroy van Bocholt, fut chargé de l'y amener (*Archives départementales du Nord*, B. 2528, f° 221).

(2) Artus de Recru reçoit 209 livres 9 sols pour avoir fait conduire de Cambrai « aucuns souldatz allemans, franchois ayans esté soubz la charge du Ringrave à la bataille entour Saint-Quentin jusques en la ville de Maëstricht, et divers souldatz gascons prisonniers eschappez de mort à ladite bataille ès villes de Douai, Lille, Tournay et en autres lieux. » (*Archives départementales du Nord*, B. 2528, f° 248, v°). — On sait qu'alors le nom de « gascon » était indistinctement donné à tout soldat français. Cf. Brantôme, *Œuvres complètes* (édition Lalanne), VI, p. 208.

(3) *Messager des Sciences historiques de Belgique* (Gand, 1880, in-8°), pp. 82-95.

(4) *Idem*, p. 90.

savons leur nom, leur lieu de naissance et leur état.
C'étaient de simples artisans, soldats d'infanterie. Deux
seulement paraissent comptés au nombre des gentilshommes.

Le gouverneur des Pays-Bas, Guillaume de Lalaing,
annonce l'arrivée des prisonniers à la ville de Malines qui
ne paraît pas très heureuse de les recevoir : c'est en effet
un surcroît de dépense pendant deux mois, et une lourde
responsabilité. Aussi lorsque le même gouverneur veut
envoyer dans la même ville quatre nouveaux Français, le
conseil de Malines ne peut-il s'empêcher de protester et
de déclarer qu'ils ne peuvent être acceptés. Il semble
qu'on ait fait droit à leurs réclamations indignées.

Voici la teneur de ces documents, copiés fidèlement
sur les originaux :

*I. Lettre du comte de Lalaing aux échevins de Malines leur
annonçant l'envoi de quarante Français faits prisonniers à la
bataille de Saint-Quentin (20 août 1557).*

MESSIEURS,

Comme il ait pleu à Dieu nostre Créateur donner au Roy nostre
seigneur la victoire contre les François noz ennemys en la bataille qui
s'est donnée près de la ville de Sainct Quintin, et veu que en icelle
desfaicte y a eu entre autres grant nombre de prisonniers françois, Sa
Majesté, pour non renforcer l'ennemy en les laissant retourner incontinent, s'est résolu de les faire détenir pour deux mois prouchains, les
faisant cependant répartir et mettre en quelques lieux asseuréz et com-
modes, pour durant lesdits deux mois y estre nourriz le plus sobrement
que faire se pourra pour éviter grande despence, ayant ordonné pour
la ville de Malines le nombre de quarante dont vous a[vons] bien voulu
adviser, afin que suivant le bon plaisir de Sadite Majesté vous veu[illez]
recevoir lesdits quarante prisonniers qu'envoyons présentement celle
part, soubz la conduite du présent porteur, et leur faire furnir et admi-

nistrer seullement de l'eaue et du pain à crédit, qui se recouvrera sur leur ranchon, et en cas qu'ilz voulsissent estre myeulz traittéz, ils pourront regarder de le payer ; et pour estre tant mieulz gardéz, les ferez répartir ès prisons et tours de ladite ville de Malines, selon que le trouveréz pour le mieulx convenir, sans en ce faire auculne faulte ou difficulté, assistant l'ung l'autre et y faisant tel debvoir que Sadite Majesté en puisse avoir contentement meismes, attendu·que c'est pour si peu de temps. Atant, Messieurs, je prye à Nostre Seigneur vous avoir en sa saincte garde. De Cambray, le XXᵉ jour d'aoust 1557. Vostre bon amy : DE LALAING.

A Messieurs les commung maistres, eschevins et conseil de la ville de Malines.

(*Archives de Malines*, collection des lettres missives, nᵒ 606, *original*).

II. Lettre du comte de Lalaing aux échevins de Malines les invitant à mettre en sûreté dans leur ville quatre nouveaux prisonniers français qu'il leur envoie (24 septembre 1557).

MESSIEURS,

Michiel de Tacq, commissaire du Roy, m'a remonstré que ayant regardé partout où il pourroit consigner et faire garder quatre gentilz-hommes prisonniers françois dont Sa Majesté a fait don, tant à luy comme au sieur de Raconnez, maistre d'hostel du duc de Savoye, il ne treuve lieu plus propice à ceste fin que la porte de Betaingne à Malines que seroit une prison d'icelle ville, en me requérant de vous en escripre affin de les voulloir recevoir sur ladite porte ; ce que ne luy ay peu refuser, vous requérant pour ce de vous vouloir accommoder à sa demande et donner ordre que lesdits prisonniers soient incontinent receuz et logéz en ladite prison pour y estre gardéz à la charge et aux despens desdits de Tacq et Raconnez, et le tiendray à plaisir bien agréable. De Bruxelles, le XXIIIIᵉ jour de septembre 1557. Vostre bon amy : DE LALAING.

A Messieurs les commung maistres, eschevins et conseil de la ville de Malines.

(*Archives de Malines*, collection des lettres missives, nᵒ 608, *original*).

III. *Lettre des magistrats de Malines au comte de Lalaing déclarant ne pouvoir à regret loger, faute de place, les quatre nouveaux prisonniers français qui sont désignés pour être gardés dans cette ville (5 octobre 1557).*

MONSEIGNEUR,

Tant humblement que faire pouvons, à vostre bonne grâce prions estre recommandéz. Monseigneur, il vous plaira entendre par cestes qu'avons cejourd'huy receu voz lettres à nous escriptes en faveur de Michiel de Tacq et le sieur de Raconnez, nous requérant par icelles que vouldrissions loger en ceste ville quatre franchois prisonniers et les logier en le porte de Betaignye, à laquelle vostre rescription eussions très voulentiers obéy, n'eust esté l'empeschement que s'ensuyt : c'est que suyvant l'ordonnance de Sa Majesté Royalle avons receut et logié en ladite porte de Bétaingne, passé désjà six sepmaines, certaine quantité de prisonniers françois pour le temps de deux mois, et pour ce, Monseigneur, que ne avons en ceste ville aultre pryson ydoine pour scheurement garder lesdits quatre prisonniers, vous prions en toute obéissance nous vouloir tenir pour excuséz, et nous espérons que suyvant ladite promesse de Sadite Majesté que sitost que les deux mois seront expiréz, que les deux prisonniers y présentement estans se deslogeront de ceste ville, et si alors vous plaist colloquer quelcun en ladite parte de Betaingne, elle sera à votre commandement, soit pour mettre lesdits quatre gentilzhommes ou aultres telz qu'il vous plaira, et s'il y a, Monseigneur, quelque aultre chose en quoy vous pourrions faire quelque service, ordonnez et nous trouverez toujours prestz et voulentiers. Monseigneur, faisant fin de cestes, prions à Dieu le Créateur vous donner bonne vie et longue. De Malines, ce Ve d'octobre 1557.

Voz très humbles serviteurs commung maistres, eschevins et conseil de la ville de Malines.

(*Archives de Malines*, collection des lettres missives, nº 609, *original*).

*IV. Lettre d'Emmanuel-Philibert aux échevins de Malines,
leur demandant l'état des dépenses occasionnées par la présence des Français détenus dans leur ville. (23 novembre
1558).*

Emmanuel Philibert, par la grâce de Dieu duc de Savoye, prince
de Piémont, conte d'Ast, etc....., lieutenant gouverneur et capitaine
général.

Très chiers et bien améz, comme l'on traitte présentement pour la
délivrance des prisonniers de guerre tant de par deçà que de France, et
que l'on est après pour l'effectuer, à ceste cause et qu'il est besoing
sçavoir et recouvrer les fraiz et despens tant de bouche que aultrement
portéz par deçà à l'occasion d'iceulx, nous vous requérons et de la part
du Roy mon seigneur ordonnons bien expressément et acertes que incontinent après la réception de cestes ayez à nous envoyer le compte
et spéciffication de ce que la despense peult porter en particulier
à l'endroict de chascun d'iceulx prisonniers qui sont encoires vivans et
par vous encoires actuellement détenuz, ensemble les noms et surnoms
d'iceulx avec distinction de ce que, ensuyvant les lettres que vous en
ont été escriptes, vous aurez furny et administré à la charge de
Sa Majesté en pain et en cervoise, et aussi de ce que à l'instance et
requeste desdits prisonniers qui pourroyent avoir désiré estre mieulx
traictéz, aurez furny ou laissé furnir, davantaige avec ce que pourrez
avoir frayé en la recousse et reprinse de telz d'entre eulx qui se pour-
rayent avoir renduz fugitifz, dont arresterez vostre compte avec
chascun desdits prisonniers, et nous en advertirez en dilligence par ce
porteur, afin que l'on s'en puisse servir pour recouvrer lesdits despens
là et ainsi qu'il appartiendra, sans y faire aulcune faulte. A tant, très
chiers et bien améz, Nostre Seigneur vous ait en garde. Escript à
Bruxelles, le XXIIIᵉ jour de novembre 1558.

EMMANUEL-PHILIBERT.

d'Overloepe.

A noz très chiers et bien améz les commung maistres, eschevins et
conseil de la ville de Malines.

(*Archives de Malines,* Collection des Lettres
missives, nᵒ 620, *original.*)

V. *Réponse des échevins de Malines à Emmanuel-Philibert, contenant l'état des dépenses demandé par le duc de Savoie (15 décembre 1558).*

MONSEIGNEUR,

Tant et si humblement que possible nous est, supplions estre recommandés à la bénigne grâce de Vostre Alteze. Monseigneur, sievant les lettres qu'il a pleu à vostre dicte Alteze nous escripre à l'endroit des Franchois cy prisonniers, ordonnant Vostre Alteze que ayons à icelle envoier le compte et spécification de ce que la despence pouroit avoir porté en particulier d'iceulx prisonniers franchois, obéissant en toute humilité à icelle, plaise vostredite Alteze entendre qu'il y a encor actuellement cy prisonniers XXIIII franchois des trente qu'il a pleu à Sa Majesté nous envoier, pour l'entretement, alimentation et garde desquelz ceste Ville a frayé et desboursét, à compter dès le XXVI d'aoust l'an LVII, jour de leur arrivement, jusques au XXVI jour du mois de novembre dernier, à somme telle comme à vostre dite Alteze envoyons par la déclaration et spécification cy enclose, et ont tous lesdits prisonniers esté également entretenus et alimentées, sans que l'ung ait cousté plus que l'autre, et affin que Vostre Alteze soit aucunement adverti à l'endroict de la ranchon d'iceulx prisonniers, se disant mieulx estre advysé que ne contenoit nostre précédente rescription, siévant nostre précédente charge autrefois donné les voulu ouyr, lesquelz unanymement, pour une fois estre élargie de prison, ont supplié et déclairé comme de eulx consentoit et acordoit voluntairement de payer renchon telle comme par autre billet joinct avecques ceste envoyons à Vostre Alteze en escript, contenant icelluy les noms, surnoms, qualitéz et les lieux dont lesdits Franchois sont natyffs; de quoy avons pensé d'advertir vostre dite Alteze pour oultre plus y ordonner comme trouverat convenir. Monseigneur, paraschevant ceste, prions le Rédempteur cunctipotent de conserver Vostre Altèze prospère. De Malines, le XVe jour du mois de décembre XVe cinquante huyt.

Vos très humbles et très obéissans serviteurs commung maistres, eschevins et conseil de la ville de Malines.

(*Archives de Malines*, Collection des Lettres missives, n° 621, *copie*.)

IV. Lettre du roi Philippe II aux échevins de Malines, or-donnant la mise en liberté des soldats francais détenus dans leur ville, sans exiger d'eux aucune indemnité ni rançon (5 avril 1559).

LE ROY,

Chiers et bien améz, comme en négociant sur le traicté de paix d'entre nous et le Roy très chrestien de France qu'il a pleu à Dieu nostre Créateur nous donner, soit accordé endroit les prisonniers prins d'ung costel et d'aultre depuis l'an cincquante et ung ença, commence-mement de ces guerres, que tous simples soldats à pied n'ayans charge ou aultres à cheval, que par pouvreté n'ont moyen de payer rançon, soit que iceulx soient mis à rançon ou point seroient eslargiz sans payer aulcune chose, horsmiz l'argent qu'ilz pourront avoir emprunté de quelque particulier pour s'en servir, lequel payé se pourront libre-ment partir sans contredit : et pour ceulx qui n'auront le moyen d'y satisfaire, l'on fera quant à iceulx advertir en leur présence par les officiers des lieux où ils se trouveront ce que leur aura esté bien et léalment presté jusques au jour de la date dudict traicté que fut le III de ce mois, et ceste certiffication prinse et annotée par lesdits officiers du lieu, leur nom et surnom et le lieu dont ilz sont, la somme qu'ilz auront empruntée et le nom du personnage à cui elle sera deue ; ilz sortiront librement sans plus estre détenuz sur la responsion que d'ung costel et d'aultre a esté faicte respectivement ; et pour ce que enten-dons que ledit accord touchant l'eslargissement desdits pauvres soul-dars prisonniers sortisse son plain et entier effect, à ceste cause vous ordonnons très expressément et acertes que, incontinent après la ré-ception de cestes, ayez à mettre à plaine et entière délivrance tous pri-sonniers franchois qu'avez en garde, lesquelz n'auront rien em-prunté, ou ceux que ayans emprunté satisferont à ceulx auxquelz ilz doibvent. Et quant à ceulx qui n'auront le moyen de payer ce qu'ilz auront emprunté, et ayant fait l'annotation susdite, laisserez iceulx aussi partir librement et ouvrir les prisons sans plus les détenir, afin que l'on en soit tant plustot quitté et deschargé ; Vous ordonnant aussi prendre soingneulx regard à ce que l'on n'y faice aulcune fraulde, et que sur l'espoir de partir sans payer, rien ne leur soit presté après le jour dudit traité ; et afin qu'il n'y ait fraulde quant ilz feront l'annotation susdite, vous ne leur déclairerez à quelle effect icelle se faict, mais ladite annotation faite leur direz qu'ilz s'en voisent et partent quant ilz vouldront. Et en ce que dessus ne faites aulcune faulte. A tant, chiers et bien améz, Nostre Seigneur vous ait en garde. Escript en nostre ville de Bruxelles, le cinquiesme jour d'avril 1559, après Pasques.

PHILIPPE.

Combien qu'au narré de ceste lettre y a faicte mention des gens de cheval, toutesfois nous entendons que relaxés seullement les simples souldars à pié non ayans charge, que sont en vostre garde appartenant à nous, vous ordonnant aussi de nous envoyer la déclaration du nombre, ensemble les noms et surnoms de ceulx qu'avez relaxé, pour s'en povoir aider cy-après.

d'Overloepe.

A nos chiers et bien améz les commung maistre, eschevins et conseil de la ville de Malines.

(*Archives de Malines,* Collection des Lettres missives, n° 622, *original.*)

VII. Rôle des vingt-quatre Français demeurés prisonniers à Malines jusqu'à la conclusion de la paix. (*Avril 1559*).

S'ensuyt la présentation de la ranchon des Franchois prisonniers qu'il a pleu à Sa Majesté envoyer en la ville de Malines, avecques les noms et surnoms, et les lieux dont ilz sont natyffz, estans tous comme ils disent de l'infanterie franchoise :

1. *Thomas Leple,* quy se dit gentilhomme natyff du villaig; de Trionville à trois lieues prez de Chierbois (1), estant de l'infanterie franchoise soubz le capitaine Chacquenville, a présenté pour sa rançon xx escus ;

2. *Pierre de Maubusson,* quy se dist gentilhomme natyff d'ung villaige appelé Andrenal, près de Landre (2), estant de l'infanterie fran-

(1) Je n'ai pu identifier ce nom.
(2) *Anderny* et *Landres,* canton d'Audun-le-Roman (Meurthe-et-Moselle).

choise soubz le capitaine Sauverny, a présenté pour sa rançon xxv escus ;

3. *Baptiste Bourgeois, aliàs Tourdin*, qui se dist natyff de Verduyn (1), et demeurant à Minhouw (2) à six lieues près de Charlon en Champaigne, estant de l'infanterie franchoise soubz le capitaine Sauverny, a présenté pour sa rançon xx escus ;

4. *Remy Obry*, natyff de Corgenoys en Brye (3), à dix-huict lieues de Paris vers Champaigne, bouchier de son mestier, estant de l'infanterie franchoise soubz le capitaine Sauverny, a présenté pour sa rançon x escus ;

5. *Georges du Fuet*, natyff de Beauvoisin (4) à sicx lieues de Beauveis, estant de l'infanterié franchoise soubz le capitaine Chacquenville, a présenté pour sa rançon IIII escus ;

6. *Jehan d'Archy*, natyff d'un villaige prèz de la ville de Troies en Champagne, estant de l'infanterie franchoise soubz le capitaine Sauverny, a présenté ung mois de gaige valissant IIII escus ;

7. *Jacques Beauventre*, natyff de Winquengyn, à deux lieues près de Renty (5), estant de l'infanterie franchoise soubz le capitaine Sauverny, a présenté ung mois de gaige valissant III escus ;

8. *Jehan Martyn*, natyff d'Abeville (6), tondeux de drap, estant de l'infanterie franchoise soubz le capitaine Lehu, a présenté pour sa rançon III escus ;

9. *Jehan de la Grève*, natyff de Bausse (7) à douze lieues près de Paris, estant de l'infanterie franchoise soubz le capitaine Chacquenville, a présenté ung mois de gaige valissant III escus ;

10. *Angelot Caron*, natyff d'Ardre (8), estant de l'infanterie franchoise soubz le capitaine Chacquenville, a présenté ung moys de gaige valissant III escus ;

(1) *Verdun* (Meuse).

(2) *Sainte-Menehould* (Marne).

(3) Probablement *Orgenoy*, commune de Boissise-le-Roi, canton de Melun (Seine-et-Marne).

(4) Serait-ce *Beauvoir*, canton de Breteuil (Oise) ?

(5) *Renty*, canton de Fauquemberghe (Pas-de-Calais), et *Wicquinghen*, canton d'Hucqueliers (idem).

(6) *Abbeville* (Somme).

(7) La Beauce.

(8) *Ardres*, arrond^t de Saint-Omer (Pas-de-Calais).

11. *Jehan Dufour*, natyff de Cédanne en Brye (1), estant de l'infanterie franchoise soubz le capitaine de Bourderye, a présenté ung mois de gaige valissant III escus ;

12. *Jacques Moret*, natyff d'Amyens et demeurant à Abbeville, fournier de son mestier, estant de l'infanterie franchoise soubz le capitaine Lehu, a présenté ung mois de gaige valissant III escus ;

13. *Claude du Bancq*, natyff de Linguydan (2), pais de Provence, estant povre souldart de l'infanterie franchoise soubz le capitaine Chacquenville, a présenté pour sa rançon ung mois de gaige, valissant III escus ;

14. *Jacques Le Fricq*, natyff de Chalon, bouchier de son mestier, estant de l'infanterie franchoise soubz le capitaine Sauverny, n'a riens voulu présenter pour n'avoir la puissance, comme il dict ;

15. *Thomas Achaert*, natyff d'Abbeville, brouetteur de son mestier, estant de l'infanterie franchoise soubz le capitaine Lehu, a présenté III escus ;

16. *Jehan Beuvry*, natyff de Chaleyne, près de la ville de Vaucoulle (3), estant de l'infanterie franchoise comme povre souldart soubz le capitaine Sauverny, a présenté ung mois de gaige, valissant III escus ;

17. *Nicolaes Hervoirdere*, natyff de Paris, tanneur de quier, estant de l'infanterie franchoise soubz le capitaine de la Fonteine, a présenté ung mois de gaige, valissant III escuz ;

18. *Françoys de Belleville*, natyff dudit lieu unviron, estant de l'infanterie franchoise soubz le capitaine Sauverny, a présenté ung mois de gaige valissant III escuz ;

19. *Christoffel Mignon*, natyff de Saint-Remys en Champagne (4), cousturier de son mestier, estant de l'infanterie franchoise soubz le capitaine Sauverny, a présenté ung mois de gaige valissant IIII escuz ;

20. *Anthoene Vincherff*, natyff d'Abeville, maronnier den son styl, estant de l'infanterie franchoise soubz le capitaine Lehu, par non avoir la puissance, comme il dict, n'a riens voulu présenter ;

21. *Françoys Chanailly*, natyff de Rouain en Basse-Normandye (5),

(1) *Sézanne*, arrondissement d'Epernay (Marne).
(2) Je n'ai pu identifier ce nom.
(3) *Chalaines* et *Vaucouleurs*, arrondissement de Commercy (Meuse).
(4) Peut-être *Saint-Remy-en-Bouzemont*, arrᵗ de Vitry-le-François (Marne).
(5) *Rouen* (Seine-Inférieure).

cousturier de son mestier, estant de l'infanterie franchoise soubz le capitaine Sauverny, par non avoir la puissance, comme il dict, n'a riens voulu présenter ;

22. *Guillaume Le Petit*, natyff de Faminchon (1) et demeurant à Abbeville, répareur des vieulx soliers de son styl, estant de l'infanterie franchoise soubz le capitaine Lehu, a présenté ung mois de gaige valissant III escuz ;

23. *Jehan Couvreur*, natyff de Saint-Requier (2), pasticier den son mestier, estant de l'iufanterie franchoise soubz le capitaine Chacquenville, a présenté ung mois de gaige, valissant III escuz ;

24. *Pierre de Malherboys*, natyff d'un villaige nommé Eschielles (3) à deux lieues prèz d'Ardre, marissal de son mestier, estant de l'infanterie franchoise soubz le capitaine Chacquenville, a présenté ung mois de gaige valissant III escuz.

Soma : Iᶜ XXXII escuz. Relaxés les XVI et XXV d'avril 1559.

(*Archives de Malines*, section 5ᵉ, nᵒ 1.)

En fait, les prisonniers de Malines ne furent pas les plus maltraités. Et ailleurs on fut plus indulgent encore. Ainsi l'on accorda huit livres d'indemnité à deux Allemands faits prisonniers le 10 août 1557 « pour les aidier à re- » tourner en leurs pays, aians faict serment de ne servir » de six mois contre Sa Majesté comme aultres piétons » allemands prins audit jour auxquels S. M. avait quitté » la ranchon pour la bonne affection que S. M. porte à » la nation germanique (4). » Et ce ne sont pas seule- ment, comme on pourrait le croire, les Allemands seuls qui profitent de ces libéralités : les Français ont aussi leur part, puisqu'au moment de la conclusion du traité de paix, un lieutenant du prévôt de l'hôtel fut chargé par le

(1) *Famechon*, canton de Poix (Somme).
(2) *Saint-Riquier*, canton d'Ailly-le-Haut-Clocher (Somme).
(3) Peut-être *Licques*, canton de Guines (Pas-de-Calais).
(4) *Archives départementales du Nord*, в. 2528,fᵒ !230.

roi d'Espagne de distribuer à neuf prisonniers français (1) détenus au château de Vilvorde une somme de trente-six livres pour les aider à rentrer en France (2). Le fait m'a paru intéressant à signaler.

Mais il n'en fut pas de même partout. Lorsque les prisonniers cherchèrent à déserter ou se mirent en état de rébellion contre l'autorité du vainqueur, il fallut sévir. On surveillait et on interceptait au besoin leur correspondance. On épiait leurs moindres actes.

A Gand, où le connétable de Montmorency entre autres était gardé à vue, on fit, sur l'ordre du capitaine du château, « rembarrer les fenestres et renforcher d'autres » ouvraiges touttes les chambres et tout le quartier en » général où le connestable avecq autres seigneurs fran- » chois estoient lors logéz (3). »

Toutes ces précautions, tous ces frais d'incarcération et de surveillance dans toutes les villes de Flandre coûtaient fort cher au gouvernement espagnol qui ne demandait qu'à se débarrasser avec profit de ces hôtes si gênants. A Tournai, quatre gentilshommes qui avaient payé la moitié de leur rançon furent relaxés (4). Des offres d'échanges de prisonniers furent faites au cardinal de Guise, mais elles demeurèrent sans réponse (5).

La lettre d'Emmanuel-Philibert et celle de Philippe II que j'ai publiées plus haut sont particulièrement curieuses. D'après ces documents, il paraît que les prisonniers envoyés à Malines pour deux mois y demeurèrent bien près de

---

(1) Voici leurs noms : Pierre Larnez, Louis Ferout, Renard Busicq, Adam Le Petit, Jean Bavisse, Jean David, Hubert Saulterir, Nicolas Guarin, et Jean Baptista, plus ou moins défigurés par des étrangers.

(2) *Archives départementales du Nord*, B. 2539, f⁰ 571.

(3) *Idem*, B. 2528, f⁰ 255.

(4) *Idem*, B. 2534.

(5) *Messager des Sciences historiques de Belgique*, 1880, p. 91.

deux ans (et il en fut de même dans tous les Pays-Bas) puisqu'ils arrivèrent le 26 août 1557 et ne furent mis en liberté que les 16 et 25 avril 1559 ; à cette date du moins n'étaient-ils plus que vingt-quatre au lieu de trente. Les autres avaient-ils précédemment été relaxés ? Ou bien étaient-ils morts (1) des suites de leurs blessures ?

Il paraît aussi que les prisonniers étaient sobrement nourris ; puisque le duc de Savoie ne compte rembourser aux magistrats de Malines que les frais de « pain et cervoise, » il y a tout lieu de supposer que la ville si mal disposée à leur égard ne leur fournissait rien d'autre. Cependant si quelqu'un d'entre eux avait désiré plus de confortable, il était libre de se faire mieux traiter.... à ses frais. On prétend même que le connétable vivait à Gand en grand seigneur !

Les Français en résidence à Malines payèrent, sauf ceux qui déclarèrent ne rien posséder, une rançon de 5 à 25 écus. Somme minime si l'on veut, mais en considérant que c'étaient de simples soldats et qu'ils restèrent près de deux années prisonniers de guerre (2), on reconnaît que le vainqueur ne fut pas tendre pour eux.

Ce fut le traité signé à Cateau-Cambrésis (3) qui termina les hostilités entre Henri II et Philippe II, et qui délivra les malheureux captifs : le roi d'Espagne annonça aussitôt (5 avril 1559) aux habitants de Malines la nou-

(1) A Audenarde, deux prisonniers, Robert de la Hache et Jacques Bermidy, étant morts, furent enterrés aux frais du gouvernement espagnol (Bu'letin de la Commission royale d'histoire de Belgique, 2e série, tome X, pp. 159-160).

(2) D'après Grotius et Mariana, il y avait un tarif pour les prisonniers, et le cavalier payait trois ou quatre fois plus qu'un piéton. Cf. Messager des sciences historiques de Belgique, 1880, p. 80.

(3) M. le baron A. de Ruble a consacré un article spécial au traité de Cateau-Cambrésis dans la Revue d'histoire diplomatique, tome I (Paris, 1887, in-8°) pp. 385-410.

velle, et les invita à laisser partir tous les prisonniers, même ceux qui à cause de leur dénûment ne pourraient payer rançon, à la seule condition qu'ils auraient remboursé l'argent par eux emprunté pendant leur séjour à la population, et qu'ils auraient satisfait aux règlements auxquels ils étaient astreints. Ce qui fut fait.

Mais ailleurs des difficultés surgirent, et au mois de juin, deux mois après la conclusion définitive de la paix, il y avait encore à Rupelmonde, à Dixmude et ailleurs des prisonniers non relaxés pour des causes diverses, comme il appert de ce procès-verbal inédit de visite des personnes, fait par le secrétaire La Torre :

Le IIe de juing 1559, au chasteau de Rupelmonde, ont esté trouvéz deux françois prisonniers de guerre, assavoir Guillaume de Saint-Bonnet, gentilhomme prins par le bailly de Waes à la journée de la bataille de Saint-Laurens, piéton lanspesade aux gaiges de xv frans par mois, comme il disoit, soustenant atant qu'il debvoit jouir du traicté fait endroit les piétons prisonniers de guerre, assavoir de non payer rançon ny despens ; ledit bailly soustenoit le contraire, en tant qu'il ne le tenoit pour piéton mais homme de cheval (1) l'ayant prins houzé et esperonné, et par-dessus ce prétendoit estre payé des despens par luy faict tant au camp Valenciennes que en ce lieu, montans environ à $\frac{xx}{iii}$ florins, par dessus aultres xxxvi florins qu'il devoit au chastelain dudit Ruplemont, à cause duquel débat des despens ledit de Saint-Bonnet n'a esté relaxé, mais a esté ordonné que en les payant seroit relaxé, et pour vuider ledit débat a esté escript à MM. de Berlaymont et Glajon, et mesmes à Monsieur l'ambassadeur du Roy très chrestien vers le Roy catholicque. — L'aultre prisonnier, nommé Robin Nisbet l'aisné, gentilhomme escossois, homme d'armes de la compagnie du conte d'Aran, prins à Saint-Quentin par Rodrigo Tarraso, espaignol, a

(1) Une difficulté du même genre, pour le prix de la rançon, survint en uillet 1559 entre J. d'Angennes, sieur de Maintenon et le soldat espagnol Francisco Orthus, chargé de sa garde (*Négociations relatives au règne de François II*, publ. par Louis Paris, pp. 67-68).

esté relaxé sur sa foy et lettres de promesse de paier cy dedens XL
jours pour sa rançon IIIIxx XXXVI frans, qu'estoit une année de sa
soulde à cause de la place d'homme d'armes, ensuivant le traicté faict
entre leurs Majestés, et par dessus ce tous ses despens, estans demeuré
pour luy respondans Robin Nisbet le jeune, Guillaume Halmeton, Gil-
lebert Landré, Walter Melvil, et Guillaume Deniston. — Le VIe de
juing à Dixmude, a esté trouvé ung nommé François du Parcq, cheval
légier mis à XL escuz d'or de rançon, prisonnier à Sa Majesté, natif
de Bretaigne, logé chez ung cirigien de la ville pour le penser de sa
maladye, lequel se plaindoit qu'il n'avoit sceu avoir nouvelle de ses
parens, nonobstant qu'il leur en avoit escript par plusieurs foys, dont il
estoit apparent de demeurer encores longuement prisonnier s'il n'estoit
aultrement secouru (1).

Un autre breton fut gardé prisonnier aux Pays-Bas jus-
qu'en 1560 : le brave capitaine de Breil, gouverneur de la
place de Saint-Quentin, qui fut pris sur la brèche avec
Jarnac et Rambouillet (2). Conduit à Genappe près
Marienbourg avec sa femme et ses deux filles (3), il avait
tenté de corrompre toute la garnison ; aussi le fit-on
ensuite garder à vue dans une ville plus sûre et plus
éloignée de la frontière française. Il n'était pas le moins
redoutable de tous ces vaillants « dont les noms mérite-
» roient estre escrits en lettres d'or et estre mis en lieux
» apparens pour estre veus et leus de chacun et pour servir
» d'exemple et de mémoire à la postérité (4). »
Oui, tous méritent cet honneur, et les plus obscurs
même pouvaient bien être mis en lumière, puisque le hasard

(1) *Bibliothèque Nationale, ms. français*, n° 6617, f° 64 et suiv.

(2) *Études historiques bretonnes ; le capitaine de Breil de Bretagne, sieur des Hommeaux*, par le comte de Palys (Rennes, 1887, in-8°), p. 65.

(3) Lire la relation fort intéressante de Jean de Mergey, qui se trouvait prisonnier avec lui. Cf. *Négociations relatives au règne de François II*, publ. par Louis
Paris (Paris, 1841, in-4°), p. 64.

(4) Pierre de l'Estoile, cité par M. Henri Furgeot (*Revue des Questions historiques*, XXXII, p. 490).

a voulu que leurs noms fussent conservés dans un dépôt d'archives étranger. Qu'on me pardonne de les avoir tirés de l'oubli en songeant à ces soldats d'un autre âge qui ont vaillamment combattu et longuement souffert pour la Patrie !

Saint-Quentin. — Imp. Ch. Poette.

'59

www.ingramcontent.com/pod-product-compliance
Lightning Source LLC
Chambersburg PA
CBHW072259210626

46818CB00017B/1855